Estimados padres:
¡El amor de su niño hc

Cada niño aprende a leer de diferente manera y a su propio ritmo. Algunos niños alternan los niveles de lectura y leen sus libros preferidos una y otra vez. Otros leen en orden según el nivel de lectura correspondiente. Usted puede ayudar a que su joven lector tenga mayor confianza en sí mismo incentivando sus intereses y destrezas. Desde los libros que su niño lee con usted, hasta aquellos que lee solito, hay libros **"¡Yo sé leer!"** *(I Can Read!)* para cada etapa o nivel de lectura.

LECTURA COMPARTIDA
Lenguaje básico, repetición de palabras y maravillosas ilustraciones. Ideal para compartir con su pequeño lector emergente.

LECTURA PARA PRINCIPIANTES
Oraciones cortas, palabras conocidas y conceptos simples para aquellos niños que desean leer por su propia cuenta.

LECTURA CON AYUDA
Historias cautivantes, oraciones más largas y juegos del lenguaje para lectores en desarrollo.

LECTURA INDEPENDIENTE
Complejas tramas, vocabulario más desafiante y temas de interés para el lector independiente.

Los libros **"¡Yo sé leer!"** *(I Can Read!)* han iniciado a los niños al placer de la lectura desde 1957. Con premiados autores e ilustradores y un fabuloso elenco de personajes muy queridos, los libros **"¡Yo sé leer!"** *(I Can Read!),* establecen un modelo de lectura para los lectores emergentes.

Toda una vida de descubrimiento comienza con las palabras mágicas **"¡Yo sé leer!"**.

*Para mi sobrinita Teresa Clementina.
¡Te quiero!*

—E. O.

Para mis vecinos, que a lo largo de los años se han convertido en mis queridos amigos.

—A. L.

¡Yo sé leer!® y Yo sé leer libro® son marcas registradas de HarperCollins Publishers.

Reina Ramos ayuda a los vecinos, Spanish translation copyright © 2024, HarperCollins Publishers.
Texto © 2024, Emma Otheguy; Ilustraciones © 2024, Andrés Landazábal.
Todos los derechos reservados. Ninguna porción de este libro podrá ser reproducida o almacenada en ningún sistema de recuperación, o transmitida en cualquier forma o por cualquier medio —mecánico, fotocopia, grabación u otro— excepto por citas breves en revistas impresas, sin la autorización previa, por escrito, de la editorial HarperCollins Children's Books, una división de HarperCollins Publishers,
195 Broadway, New York, NY 10007.
www.harpercollinschildrens.com.
Impreso en Malasia.
www.icanread.com

ISBN 978-0-06-323008-8

Diseño del libro a cargo de Elaine Lopez

24 25 26 27 28 COS 10 9 8 7 6 5 4 3 2 1   Primera edición

Reina Ramos
ayuda a los vecinos

por Emma Otheguy
ilustrado por Andrés Landazábal
traducido por Isabel C. Mendoza

Es otoño, y la abuela y yo
buscamos cosas amarillas.
Hojas otoñales, la luz del semáforo
y un enorme letrero que hay en la escuela:
¡estamos haciendo una colecta de alimentos!

Vamos a recolectar latas
de comida para un hospicio.
Si mi clase es la que más latas reúne,
¡ganaremos un banquete de pizza!

Quiero comenzar a recolectar latas
tan pronto llego a casa.
Pero la abuela tiene otros planes.
Vamos a llevarle comida a la señora Mía.
Ella vive en el piso de abajo,
y acaba de tener un bebé.

Ayudo a la abuela a echar
frijoles negros, arroz y carne
en unos recipientes para llevarlos.

La señora Mía nos invita a pasar.
—Gracias —nos dice. Se alegra al ver que le hemos traído comida porque está muy cansada para ponerse a cocinar.

¡El bebé Pablito es tan lindo!
Le hago cosquillas en sus pies suavecitos.
—¡Tiki-tiki! —le digo.
El bebé sonríe.

Luego, ayudo a la señora Mía
a cambiarle el pañal. ¡No me da asco!

Al día siguiente, al llegar a la escuela, veo que la caja que está junto a la puerta de la señora Fox está repleta de latas. ¡Su clase nos lleva mucha ventaja!

Me siento mal.

La abuela y yo estábamos cansadas después de ayudar con el bebé Pablito.

¡Olvidamos recolectar latas!

En el recreo, los de la clase del señor Li hacemos una reunión de emergencia. ¡No dejaremos que la clase de la señora Fox nos gane el banquete de pizza!

Nora va a pintar un letrero bonito.

Carlos le pedirá a su papá que lo cuelgue.

Lila y su perro van a ir de puerta en puerta.

¡Nadie puede decirle "no" a Chico!

Yo me pongo a pensar.

Todos ya tienen un plan.

Quiero ayudar a mi clase,

¡y quiero ganar!

¿Cómo?

¿Cómo puedo conseguir más latas?

En casa, hablo con la abuela.

Necesitamos salir a buscar más latas.

—¿Por favor? —le suplico.

¡Pero ella está ocupada!

—No puedo ir a la tienda —me dice—.
Pero puedes llevar estas.

¡Dos latas! ¿No más?
Hay más en el gabinete,
pero la abuela dice que las necesita.
¿Qué dirán mis compañeros?

Por suerte, mis amigos trajeron un montón de latas. Miro las cajas, ¡y creo que tenemos tantas latas como la clase de la señora Fox!

La directora cuenta las latas. La clase de la señora Fox tiene sesenta y dos. Luego, cuenta las nuestras.

Cruzo los dedos.

¡Sé que vamos a ganar!

—Cincuenta y ocho, cincuenta y nueve, sesenta…

…Sesenta y una. ¡Ganó la clase de la señora Fox!

¡Perdimos por tan solo una lata!

Trato de contener las lágrimas.

¡No es justo! ¡Es culpa de la abuela!

¡No quiso darme más latas!

La clase de la señora Fox disfruta el banquete de pizza.
La clase del señor Li trabaja en hojas de actividades.
Me llega el rico olor de la pizza.
ODIO las hojas de actividades.

Esa tarde, no le hablo a la abuela.
Y me burlo cuando el bebé Pablito
vomita sobre su blusa.

—¿Qué pasa, Reina? —me pregunta la señora Mía.

Entonces, le cuento.

—¡Reina! —dice la abuela—. ¡Ganar no es lo importante!

La señora Mía me abraza.

—Sé cómo te sientes.

Pero tengo una idea.

Esta noche, voy a llevar

algunas cosas a mi iglesia.

¿Por qué no me acompañas?

La señora Mía empaca unos pañales.

La abuela lleva una comida que hizo.

Yo ayudo a cargar las cosas.

Descargamos las cajas

y nos sentamos junto a otras familias.

Me gusta compartir comida y pañales.

Hago gestos chistosos,

y el bebé Pablito balbucea.

¡Junto a él, uno siempre está contento!

La abuela tenía razón.

El objetivo de la colecta de alimentos
era ayudar a la gente, no era ganar.

Un banquete de pizza hubiera sido genial,
¡pero compartir con los vecinos es divertido!

Mamá nos está esperando en casa.

¿Adivinen qué?

¡Hay pizza para cenar!

¡Le doy un abrazo a la abuela,

y me siento a comer!